繪本0203

爸爸總是有辦法

作者｜娜汀・布罕－柯司莫（Nadine Brun-Cosme）　繪者｜奧荷莉・吉耶黑（Aurélie Guillerey）　譯者｜尉遲秀

責任編輯｜余佩雯　美術設計｜林晴子　行銷企劃｜王予農、林思妤
天下雜誌群創辦人｜殷允芃　董事長兼執行長｜何琦瑜
兒童產品事業群
副總經理｜林彥傑　總編輯｜林欣靜　主編｜陳毓書　版權主任｜何晨瑋、黃微真

出版者｜親子天下股份有限公司　地址｜台北市104建國北路一段96號4樓　電話｜（02）2509-2800　傳真｜（02）2509-2462
網址｜www.parenting.com.tw　讀者服務專線｜（02）2662-0332　週一～週五：09:00-17:30
讀者服務傳真｜（02）2662-6048　客服信箱｜parenting@cw.com.tw
法律顧問｜台英國際商務法律事務所・羅明通律師　製版印刷｜中原造像股份有限公司　總經銷｜大和圖書有限公司　電話：（02）8990-2588
出版日期｜2017年8月第一版第一次印行
　　　　　2023年1月第一版第十次印行
定價｜300元　書號｜BKKP0203P　ISBN｜978-986-94983-4-0（精裝）

訂購服務
親子天下Shopping｜shopping.parenting.com.tw　海外・大量訂購｜parenting@cw.com.tw
書香花園｜台北市建國北路二段6巷11號　電話（02）2506-1635　劃撥帳號｜50331356　親子天下股份有限公司

爸爸總是有辦法

文　娜汀·布罕－柯司莫

圖　奧荷莉·吉耶黑

譯　尉遲秀

今天早上，
爸爸的綠色老爺車
差一點就發不動，
而且，聲音好像在打嗝！

車子終於發動了，
嘿！趕快，趕快，
趕快載小迪去幼兒園。

「下午見囉。」爸爸對小迪說，
然後給他一個很大的親親。

可是小迪問：「如果今天下午
老爺車發不動，那要怎麼辦？」
爸爸想了一下，回答說：
「如果車子發不動……，」

「那⋯⋯我就開鄰居叔叔
那輛很大的紅色曳引機來接你。」

「如果紅色曳引機太累了，那要怎麼辦？」
小迪又問爸爸。
「那……，」爸爸說：
「我就吹口哨叫你的馬丁來幫忙，
這隻又大又胖的布娃娃，
整天都在你的被窩睡懶覺。
他會讓我坐在背上，帶我來找你！」

「可是，」小迪又問：「如果馬丁不聽話呢？
如果他一直在被窩裡睡覺，那要怎麼辦？」
「那……，」爸爸說：
「我會去花園找所有的小鳥來幫忙。
他們會咬著我的手臂，帶我飛來找你！」

「嗯，可是，」小迪又問爸爸，　「如果
小鳥都忙著照顧小寶寶，　那要怎麼辦？」
「那……，」爸爸說：「我就去找
每天都在花園澆花的鄰居爺爺來幫忙。
他會把水開到最大，　讓水流成小河，
然後我就這樣，　嘿！爬到你的小船上，
划呀划呀來找你！」

「可是，」小迪又問爸爸，
「如果鄰居爺爺不想給你水，那要怎麼辦？」
「那……，」爸爸說：
「我就找花園裡的那兩隻兔子一起來。
讓他們載著我來找你！」

「如果兔子去外婆家了，那要怎麼辦？」
小迪又問。
「那……，」爸爸回答：
「我會請綠色的噴火龍來幫忙，
他整個冬天都在暖爐裡噴氣。
只要他拍兩下翅膀，再用力跳三下，
我就到你身邊了！」

「如果噴火龍出門去打獵了，
那要怎麼辦？」小迪又問爸爸。

「啊，」爸爸說：
「如果曳引機累了發不動，
如果馬丁躲在被窩不出來，
如果小鳥忙著照顧小寶寶，
如果鄰居爺爺不幫我做一條小河，
如果兔子去外婆家，
如果噴火龍出門去打獵，
那……，

我就抬起兩條腿快快跑，
因為要來接你，
我的兩條腿永遠不會累。」